MARIA,

OU

L'ENFANT DE L'INFORTUNE,

PAR V. D'A......

Vita misero longa, felici brevis.

TOME PREMIER.

Nouvelle Édition.

PARIS,

Librairie populaire des villes et des campagnes,

Rue du Paon-St-André-des-Arts, 8.

1851

POISSY. — Typographie ARBIEU.

AVERTISSEMENT.

Cet ouvrage ne doit pas être rangé dans la classe des romans, dont les événements, presque toujours hors du cours ordinaire des choses, ne plaisent au commun des lecteurs qu'autant qu'ils semblent s'éloigner de la nature et de la vérité. Ceux qui font la base de ces Mémoires, vraiment historiques, sont arrivés récemment; et plus d'un lecteur, pour peu qu'il ait vécu dans un certain monde, s'en rappellera sans doute les principales circonstances. Les personnages qui y figurent sont, à l'exception d'un seul, encore tous existants : leur histoire a été rédigée d'après un manuscrit authentique, écrit tout entier de la main du baron de B***, aïeul de Maria, et dont on ne s'est pas permis de déshonorer, ni même d'altérer les moïndres faits. On s'est contenté d'en mettre le récit en ordre, et de les raconter dans un style simple, naturel, et convenable au sujet. On s'est surtout bien donné de garde d'y faire entrer ces locutions néologiques, ce jargon précieux, et ces tours de phrases alambiquées que nos jeunes écrivains cherchent à mettre à la mode, parce qu'ils les prennent pour de l'esprit, et qui ne font qu'attester leur impuissance et leur mauvais goût.

Que ceux qui ne cherchent dans les romans, puisqu'on a coutume d'appeler de ce nom tous les ouvrages qui y ressemblent quant à la forme ; que

ceux, dis-je, qui n'y cherchent que
des aventures extraordinaires et mer-
veilleuses, se gardent bien de jeter les
yeux sur celui-ci, car ils n'y trouveront ni revenants, ni diables, ni spec-
tres, ni châteaux tombant en ruines,
ni vastes souterrains, etc., etc., et
autres gentillesses pareilles, qui, depuis quelques années, sont reprodui-
tes sous mille formes différentes dans
presque tous les romans, tant anglais
que français, et qui, grâce à la dépra-
vation du goût, ont fait en France
une fortune si prodigieuse ; mais, en
récompense, les personnes que cette
ridicule manie n'a point pris encore
gangrenées, s'arrêteront avec intérêt
sur des événements dignes d'occuper
leurs loisirs, et s'attendriront sans
doute sur le sort d'une famille dont
l'infortune est en droit d'intéresser
toutes les âmes sensibles.

Ce serait peut-être ici le lieu de parler de l'empire de la mode, qui soumet à ses caprices, depuis les sciences les plus occultes, jusqu'aux romans et pièces de théâtre ; mais cela pourrait nous mener trop loin, et ne serait d'ailleurs d'aucun avantage pour les lettres ; il suffit seulement d'observer que la chimie était, il y a quelques années, la science à la mode ; les femmes en suivaient les opérations avec fureur. A la chimie a succédé Jeannot, dont le règne a duré trop longtemps pour l'honneur du goût et de la raison ; à Jeannot a succédé Figaro, le monstrueux, l'immoral Figaro, à qui nous devons l'avantage inappréciable d'avoir secoué le joug importun des mœurs et de la vertu ; à Figaro, Cadet Roussel, qui n'est au moins qu'une bêtise sans conséquence ; à Cadet Roussel, les diables, les mélodrames, etc., etc. Qui leur succèdera? quelques autres sottises de la même trempe. Il faut espérer qu'un jour la raison, la vertu, l'honneur et le bon goût auront leur tour; mais ce moment, hélas! est encore bien éloigné.

Il n'y a rien de plus affligeant pour un véritable ami des arts et des lettres, que le tableau de la littérature dans l'état de décrépitude et d'anéantissement où elle se trouve actuellement plongée. Jamais on a vu tant d'auteurs; jamais on n'a vu moins de talent : il n'y a point, dans le nombre de ceux que je pourrais citer, je ne dis pas de génie, car rien n'est plus rare, mais d'écrivains qui annoncent d'heureuses dispositions; tous sont marqués au coin de la médiocrité la plus absolue. Les lettres, ainsi que les beaux-arts, sont dans une décadence complète, et, malheureusement, la génération qui s'élève vaudra peut-être moins encore que celle actuellement existante.

Ætas parentum, pejor avis, tulit
Non nequiores, mox daturos
Progeniem vitiosiorem.

D'où cela provient-il? je crois le savoir; mais ce n'est pas le moment de le dire.

Pour en revenir à Maria, je souhaite que le lecteur verse autant de larmes au récit de ses malheurs, que j'en ai répandu en les exquissant d'après les mémoires qui m'avaient été confiés à cet effet. L'aurore m'a plus d'une fois surpris dans cette intéressante occupation; quel salaire plus doux de mon travail que d'entendre dire que la même chose est arrivée à quelques-uns de ceux entre les mains de qui cet ouvrage aura pu tomber! C'est à quoi se borne mon ambition; et si j'obtiens jamais ce triomphe, mon but sera plus que rempli.

MARIA

OU

L'ENFANT DE L'INFORTUNE.

CHAPITRE PREMIER.

Peu d'hommes ont éprouvé des malheurs aussi constants que ceux qui semblent s'être réunis pour traverser les dernières années de ma pénible carrière; doué d'une trempe d'âme peut-être plus forte que celle de la plupart des hommes, je les ai surmontés tous, mais non sans peine et sans périls. J'ai failli plus d'une fois être la victime d'événements auxquels, si je n'étais pas tout à fait étranger, je n'avais du moins aucune part que de tenir de trop près à des infortunés, qu'une vengeance aussi barbare que profondément méditée, avait projeté d'anéantir. Le courage et la philosophie m'ont, après bien des traverses, conduit enfin dans le port. J'ai lutté pendant long-temps contre la mauvaise fortune ; mais, loin de me laisser abattre pas l'adversité, je n'ai pas un moment cessé de braver les coups du sort, et la victoire a fini par être le prix de ma constance.

Je profite du moment de calme que le malheur, las de me poursuivre, semble vouloir m'accorder pour retracer dans ces mémoires les événemens d'une vie semée de troubles et d'orages. J'ose croire qu'ils comportent un intérêt assez puissant pour n'être point blamé d'y avoir consacré quelques instants de loisir. Je n'ai jamais eu d'autre but, en les écrivant, que celui d'en transmettre le souvenir à ma famille ; et si jamais par des circonstances que je ne puis prévoir, ils venaient à être rendus publics, d'être utile à ceux qui les liront, soit pour leur servir de guide dans des occurences pareilles, soit pour leur inspirer le courage nécessaire dans le cours des adversités auxquelles la condition humaine n'est que trop sujette.

Je suis né dans l'opulence, j'ai passé les premières et les dernière années de ma vie dans ce qu'on appelait alors le grand monde et la bonne compagnie; appelé par ma naissance aux premiers emplois, soit à la cour, soit aux armées, je consacrai au plaisir tout le temps dont les devoirs de mon état et le soin de mon avancement me permettaient de disposer. Les illusions du bonheur me séduisirent un moment; maître d'une fortune assez considérable, et tourné d'une manière à faire les conquêtes les plus brillantes, et à marcher d'un pas rapide dans le chemin de la fortune, je me crus un moment au-dessus des caprices du sort, mais le prestige ne tarda pas à s'évanouir.

J'avais fait un mariage avantageux, qnoique d'inclination ; une mort prématurée m'enleva ma femme ; ce fut la première disgrâce dont la fortune sembla vouloir me punir de ma coupable présomption. Il ne me resta de mon mariage qu'un fils, qui devint par la suite la cause innocente des malheurs qui m'ont accablé pendant longtemps.

Je perdis presque tous mes biens par un de ces événements qu'il n'est pas donné à la faiblesse humaine de prévoir, et contre lesquels par conséquent elle ne saurait se tenir en garde ; mais ce n'est pas cette perte qui fait depuis si longtemps couler mes larmes ; un autre sentiment déchire mon cœur, et le souvenir ne s'en éteindra qu'avec ma vie.

La perte d'une épouse adorée, que la mort m'enleva dans la fleur de son âge, fut le premier des coups dont m'accabla le sort : digne de tous mes regrets, sa mémoire ne s'effacera jamais de mon souvenir. Quoique plus de trente années se soient écoulées depuis ce funeste événement, il a laissé dans mon cœur une plaie si profonde que je ne saurais me le rappeler sans éprouver les angoisses les plus cruelles, et il ne se passe guère d'heures dans la journée que mille circonstances ne le retracent à ma pensée. J'y trouve même tant de charmes, que je suis le premier à chercher les occasions de m'en occuper. Ce plaisir douloureux est devenu pour mon âme une espèce de besoin. Un coup aussi sensible ne pouvait qu'influer en moi tant sur le physique que sur le moral : les malheurs qui, depuis cette époque, semblent ne s'être réunis sur ma tête que pour tourmenter ma pénible existence, m'ont rendu tellement dissemblable à moi-même, que les personnes avec lesquelles j'avais le plus familièrement vécu ont quelquefois hésité à me reconnaître ; il en est même qui m'ont tout-à fait mé–connu, ou qui ne se sont rappelé mes traits qu'avec peine, tant l'infortune et le chagrin les avaient altérés.

CHAPITRE II.

Il ne me restait, comme je l'ai dit, d'un hymen formé sous les auspices d'un amour le plus tendre, qu'un fils qui réunissait toutes mes affections et qui méritait, à toutes sortes de titres, l'amitié que j'avais pour lui ; c'était le portrait vivant de sa mère, qui l'avait nourri de son lait, et qui s'était fait une douce occupation de jeter dans son cœur les premières semences de l'honneur et de la vertu. Jamais il ne quitta la maison paternelle, jamais je ne voulus le confier à des mains mercenaires ; je présidai à son éducation ; et mes soins furent couronnés d'un succès d'autant plus flatteur, que les qualités et les talents qui se déployaient en lui chaque jour étaient en quelque sorte mon ouvrage. Il devait être l'espoir et la consolation de ma vieillesse, et il l'a remplie d'amertume et de douleur. Je l'ai perdu ; tout du moins me porte à croire que l'homme puissant qu'il avait offensé, n'aura pas épargné sa vie.

Né gentilhomme, la carrière des armes était la seule qu'il pouvait parcourir ; l'honneur lui en faisait un devoir ; ses ancêtres lui en avaient tracé la route, et il devait se montrer digne du sang dont il avait reçu le jour. Je le fis entrer de bonne heure au service, et je le plaçai dans un corps où avec de la conduite et un nom tel que le sien, il pouvait espérer de faire un chemin rapide. Il était d'ailleurs soutenu par de puissantes protections qui avaient son avancement à cœur, et sous l'égide desquelles il ne pouvait que s'avancer d'une manière assi prompte qu'avantageuse.

Doué d'une figure intéressante, et réunissant à beaucoup d'esprit naturel une éducation soignée, il ne tarda pas à fixer tous les regards dans une cour galante et polie, où son service l'obligeait à résider une grande partie de l'année; admis dans les sociétés les plus brillantes, il en faisait l'agrément par son mérite et par mille qualités qu'il possédait. Je ne vis pas ses succès sans une sorte d'ivresse; ils étaient en quelque sorte mon ouvrage; et je ne pus me défendre d'un mouvement d'orgueil bien pardonnable à un père dont le fils était le seul espoir. Je ne prévoyais pas alors que ces mêmes succès, dont je fus un moment si fier, deviendraient la cause de sa perte et l'instrnment de ma ruine.

Un an s'était à peine écoulé depuis qu'il était au service, lorsqu'il courut dans le monde une histoire que dans le premier moment je crus devoir révoquer en doute, mais qui malheureusement et pour lui et pour moi, n'était que trop véritable. Il s'agissait d'une intrigue d'amour que la chronique scandaleuse mit sur le compte d'une femme du plus haut rang, et qui surprit d'autant plus, qu'elle passait dans le monde et même à la cour pour très vertueuse. Jusqu'à ce moment, sa conduite n'avait pas donné la moindre prise sur elle, et bien des personnes regardaient le récit qu'on en faisait comme l'ouvrage de la calomnie.

Cette avanture fit beaucoup de bruit malgré le soin qu'on prit de l'étouffer dès sa naissance, en l'attribuant à une femme de la suite de cette dame; mais les gens au fait des intrigues de cœur, ne prirent pas le change, et les précautions qu'on mit en œuvre pour leur dérober la connaissance de la vérité ne servirent qu'à les confirmer dans leur opinion.

Le chevalier de B***, c'est ainsi que s'appelait mon infortuné fils, avait eu le bonheur ou plutôt le malheur d'obtenir quelques marques de bonté de la part de cette dame, près de laquelle son service l'appelait assez fréquemment : il fut supçonné, je ne dirai pas à tort, d'être le héros de cette malheureuse aventure. Il n'en fallut pas davantage pour le perdre. Un soupçon même le plus léger suffit à la cour pour entraîner la disgrâce d'un homme qu'on ne cesse de jalouser pour peu qu'il ait obtenu de faveur. Il semble que sa chute console ceux qu'il offusquait par son mérite, et qui espèrent alors de pouvoir s'établir sur ses ruines.

Mon fils disparut et quelques démarches que j'aie faites dans le temps où il fut enlevé, je n'ai jamais pu savoir quel avait été son sort. Un voile impénétrable couvrait ce mystère affreux. Je me suis plaint amèrement de l'abus d'autorité qu'on venait d'exercer à son égard ; j'assiégeai sans relâche la porte du ministre, j'élevai la voix contre une injustice qui me paraissait d'autant plus révoltante que j'étais persuadé, comme je le suis encore, qu'on avait sacrifié mon fils à une vengeance particulière. Je le redemandai avec l'énergie que me donnaient mes droits de père, et la tendresse que j'avais pour lui : je reçus pour réponse l'ordre de m'éloigner à vingt lieues, tant de Paris que de la cour. Ce fut vainement que je demandai justice de cet attentat ; il fallut obéir. Cette violation du droit le plus sacré qui puisse exister, m'a longtemps pesé sur le cœur, et je ne dissimule pas que je ne saurais y penser encore aujourd'hui sans éprouver une agitation qu'il ne dépend pas de moi de réprimer. Le temps n'a point affaibli mon juste ressentiment; je n'ai fait que céder à la force, mais en conservant toujours au fond de mon âme le désir, impuissaut, hélas! de me venger; après bien des années de souffrances le ciel a exaucé mes vœux, mais je n'en ai pas moins perdu mon fils.

Dans la juste indignation que je ressentis, je donnai ma démission de tous mes emplois, je renvoyai mes brevets; je remis ma pension au gouvernement; je ne voulus pas même garder la croix de Saint-Louis qui m'était bien légitimement acquise par trente années de service et de blessures honorables. J'avais le cœur trop ulcéré pour vouloir me rapprocher jamais d'une cour qui venait d'exercer un acte de rigueur digne des siècles les plus barbares. Mon fils était coupable d'une haute imprudence, je l'avoue; mais il ne méritait pas d'être puni d'une manière aussi cruelle.

Je me retirai dans mes terres du Languedoc, d'où je me proposai de faire les recherches les plus exactes pour découvrir, le sort de cet infortuné. Je ne voulais rien épargner pour y parvenir, et peut-être à force de patience et de soin, aurais-je réussi dans mon projet : j'avais même encore à la cour quelques amis puissants qui m'auraient aplani bien des difficultés ; mais à peine établi dans mes domaines, qu'un voisin puissant, profitant de ma disgrâce, m'intenta un procès qui acheva d'opérer ma ruine. Cet homme occupait une des premières charges au parlement de Bordeaux ; quoique la justice et le bon droit fussent de mon côté, je perdis néanmoins ma cause d'une voix unanime, et je fus condamné aux dépens. Mes juges, soit par prévention, soit pour favoriser leur confrère, soit enfin pour faire leur cour aux ministres dont ils attendaient peut-être quelques grâces, ne rougirent pas de se déshonorer par un jugement qui devait imprimer sur leur front une tache éternelle.

Cet événement entraîna la ruine de la plus grande partie de ma fortune : je me vis dépouillé de mes biens, et réduit, sinon à la misère, du moins à un état de détresse auquel je n'étais pas encore accoutumé, et cela dans un âge ou l'aisance est nécessaire pour rendre plus supportables les infirmités de la vieillesse.

J'avais eu dès ma jeunesse quelque penchant à la misanthropie : sans avoir éprouvé moi-même les caprices du sort, j'avais vu tant d'exemples de la perversité des hommes, que je m'étais toujours tenu par caractère sur la réserve vis-à-vis de ceux que je ne connaissais pas intimement pour leur donner, je ne dis pas ma confiance, mais pour en user à leur égard avec une franchise que je regardais comme très-dangereuse.

Tant de malheurs, accumulés en aussi peu de temps sur ma tête, ne contribuèrent pas à me réconcilier avec l'espèce humaine; j'avais trop à m'en plaindre, pour ne pas me livrer au penchant naturel qui me portait à m'en défier. J'étais même sur le point de m'abandonner à un désespoir d'autant plus dangereux, qu'il était réfléchi, lorsque la philosophie vint à mon secours : elle ne me rendit pas insensible à mes pertes ; mais elle me donna du moins le courage de les supporter.

CHAPITRE III.

Fidèle au plan que j'avais formé de fuir la société des hommes, je m'occupais sans relâche des moyens d'en réaliser le projet, et j'en vins à bout à force de constance et d'opiniâtreté. Dégagé de tous les liens qui pouvaient encore m'attacher au monde, la solitude était le seul parti convenable dans ma position, et je le choisis sans hésiter.

Après avoir rassemblé les débris de ma fortune, j'achetai un petit domaine en Normandie, éloigné des villes et des grandes routes, et dont la situation sympathisait parfaitement avec celle de mon âme, absorbée dans une profonde mélancolie. C'était une espèce de Thébaïde où je pouvais couler mes derniers jours loin d'un monde qui n'avait plus d'attrait pour moi, dans laquelle je croyais pouvoir être sûr que mes persécuteurs, dont le ressentiment ne devait pas être éteint, chercheraient vainement à me poursuivre. Comme le prix auquel on l'avait mise n'était pas au-dessus de mes moyens, je me hâtai d'en conclure le marché.

Ma maison était située sur le bord d'un bras de la Seine, peu fréquenté, parce qu'il n'était pas assez fort pour porter de gros bateaux, et son aspect agreste et sauvage me convenait d'autant plus qu'il m'isolait en quelque sorte du reste de la terre. J'y trouvai réuni tout ce qui pouvait flatter mes goûts : une habitation simple, mais commode, une vue charmante, un jardin coupé dans sa longueur par un courant d'eau vive et assez grand pour suffire à mon amusement et à mes besoins; point de voisins enfin importants ou importuns qui eussent fait le tourment de ma vie : le hameau le moins éloigné en était distant de plus d'un quart de lieue.

J'avais de fortes raisons pour demeurer inconnu : elles me déterminèrent à faire l'acquisition d'une île de peu d'étendue placée précisément en face de mes fenêtres, et qu'on appelait l'île de la Barre, dont je pris alors et dont je porte encore le nom. Cette île ne contenait guère plus d'un arpent de terrain, elle était couverte de bois et susceptible d'être embellie à peu de frais : j'en fis un séjour charmant : j'avais coutume d'y passer, dans la belle saison, presque tous les après-dînés, et j'y partageais mon temps entre le plaisir de la lecture et celui de la pêche.

Mon domestique consistait dans une femme d'un âge mûr, qui depuis longtemps était attaché à ma famille, et que je chargeai du soin de conduire ma maison; dans un homme de confiance sur lequel je me reposais de tous les détails ruraux; une bonne cuisinière, un jardinier et sa femme qui dirigeaient la basse-cour et la laiterie. Ces braves gens que je payais bien, et qui m'étaient sincèrement attachés, vivaient dans l'union la plus parfaite. Mon établissement, grâce à leur zèle, prospérait au delà de mes espérances ; l'utile et l'agréable s'y trouvaient réunis; j'y menais ce qu'on appelle une vie patriarcale, et le bonheur eût fini sans doute par devenir le prix de ma résignation, si mon imagination, trop ardente, ne m'eût reporté sans cesse vers le souvenir du passé.

J'avais coutume, pendant les beaux jours de l'été, de me lever avant l'aurore; j'allais, à peu de distance de ma demeure, m'asseoir au bord d'une petite fontaine, ombragée d'une riante verdure : là, respirant la fraîcheur du matin, j'épiais, pour ainsi dire, les premiers rayons du soleil. Toute la campagne était encore livrée aux douceurs du repos; les oiseaux endormis ne faisaient point entendre leur concert champêtre; l'air était calme et pur; à peine voyait-on les feuilles faiblement agitées par le souffle léger du zéphyr. Le seul murmure de l'eau, qui s'échappait à travers les cailloux, interrompait le silence profond de la nuit, et semblait préluder au réveil de la nature ; un seul point de lumière s'annonçait à l'Orient, et déjà commençait à faire pâlir le feu des étoiles; le parfum des fleurs, à peine écloses, répandait autour de moi une odeur suave et balsamique qui pénétrait mes sens de la volupté la plus pure. Une douce mélancolie s'emparait alors de mon âme; toutes mes facultés étaient comme absorbées dans une espèce de ravissement, et j'éprouvais un calme délicieux qu'il est plus aisé de sentir que d'exprimer. J'ai eu souvent occasion de remarquer que l'infortune nous rapprochait de la nature, et que ce n'était véritablement que dans l'adversité qu'on pouvait en connaître tout le prix; j'ai fait moi-même l'épreuve de cette vérité. J'avais souvent dans mes campagnes de guerre et dans mainte autre circonstance, vu le lever du soleil, et jamais il n'avait produit sur moi la plus légère impression : cela n'est pas étonnant, sans cesse entraîné par le tourbillon des affaires ou des plaisirs, tout le reste m'était, en quelque façon, étranger; mais enfin, rendu à moi-même, et revenu pour jamais des prestiges mensongers d'un monde frivole, il me fallut créer de nouveaux plaisirs, et je n'eus que la peine d'en faire le choix. Dans mon nouvel état, tout était jouissance : l'aurore commençait-elle à répandre ses larmes brillantes, dont l'éclat embellit les fleurs, j'étais enchanté du spectacle ravissant que la nature étalait à mes regards; je les promenais enfin autour de moi avec ivresse : heureux si j'eusse pu la prolonger au gré de mes désirs, ou finir doucement mes jours dans cette ravissante extase!

CHAPITRE IV.

Un matin, que je venais à mon ordinaire jouir du coup d'œil enchanteur que le soleil levant avait coutume de m'offrir, en dirigeant mes regards sur le penchant de la colline que frappait ses premiers rayons, j'aperçus une voiture attelée de six chevaux, qui s'avançait avec une telle rapidité qu'elle eut bientôt franchi l'espace qui nous séparait. Cette rencontre me surprit d'autant plus que ce n'était pas un lieu de passage, et que, depuis près de douze ans que j'habitais ce séjour, jamais rien de pareil ne s'était offert à ma vue.

Il ne me fut pas possible de distinguer les personnes qui étaient dans la voiture, parce que sans doute, pour n'être point vues, elles en avaient fer-

mé les jalousies; je remarquai seulement que le cocher et le postillon qui
la conduisaient, ainsi que les deux
domestiques qui étaient derrière, n'a-
vaient point de livrée.

Un événement aussi extraordinaire
ne pouvait que me donner beaucoup
à penser; je m'épuisai en coujectures
inutiles, ne pouvant imaginer par quel
motif des voyageurs aussi distingués,
car tout annonçait qu'ils étaient au-
dessus de la classe commune, traver-
saient, à la pointe du jour, un pays
à peu près désert, et dans lequel il ne
se trouvait qu'une route à peine frayée.
Je me sentais poussé, comme malgré
moi, à m'occuper de cet incident plus
que je ne l'aurais peut-être fait en toute
autre circonstance, mais ma position
me rendait suspect, et les persécutions
que j'avais éprouvées ne me rassuraient
pas sur l'avenir.

Pour en revenir à la berline, je la
perdis promptement de vue, et je ces-
sai d'y songer pour me livrer de nou-

veau à la douce illusion à laquelle je devais les plus pures jouissances. L'œil fixé sur la cime de la montagne, je savourais d'avance le tableau délicieux que les premiers rayons du soleil allaient offrir à mes avides regards, ils ne tardèrent point à paraître, et leur éclat me fit apercevoir une femme, vêtue d'une robe blanche, qui descendait la colline d'un pas lent et incertain. Nouveau sujet d'étonnement, qui ouvrit un champ plus vaste à mes conjectures, et qui paraissait avoir trop de rapport avec la berline pour ne pas donner matière à mes réflexions.

« Je ne savais que penser de cette apparition subite; une femme, dont l'extérieur et la mise annonçaient une naissance honnête, seule, à cette heure, et dans une route détournée! Il ne fallait rien moins qu'un motif bien puissant pour l'avoir engagée à cette démarche imprudente, si elle n'était pas nécessitée. Mille idées confuses s'emparèrent de mon âme; plus je cherchais à pénétrer ce mystère, et moins je pouvais y parvenir. Mes premiers soupçons, si toutefois cet événement n'avait aucun rapport avec celui de la berline, mes premiers soupçons, dis-je, s'arrêtèrent d'abord à l'idée de quelque rendez-vous amoureux; mais l'heure, la circonstance, le lieu de la scène, tout me porta plutôt à croire que c'était une infortunée qui fuyait la persécution, ou bien une amante contrariée dans son choix, qui cherchait à se soustraire à l'autorité paternelle.

Cette aventure avait piqué ma curiosité, et je résolus de la poursuivre jusqu'au bout : un double motif m'animait : l'intérêt de l'humanité, et je ne sais quelle impulsion secrète qui semblait m'en faire un devoir. Quoique ennemi des hommes, en général, dont je n'avais que trop sujet à me plaindre, je ne l'étais point du malheureux à qui je pouvais être utile; je pris en conséquense la résolution d'éclaircir le fait, à tel prix que ce fût.

Je me cachai promptement derrière un buisson assez épais pour m'empêcher d'être découvert, mais à travers lequel je pouvais voir facilement tout ce qui se passait. A mesure que cette personne approchait, je reconnaissais sur son visage les traces d'une douleur profonde. Quoique ses traits fussent en quelque sorte décomposés, par l'effet de l'abattement et de la tristesse, elle me parut n'avoir pas plus de treize à quatorze ans. Sa taille, haute et bien prise, me l'avait fait juger plus âgée dans l'éloignement. Sa grande jeunesse ajouta beaucoup à l'intérêt qu'elle m'avait d'abord inspiré. Son maintien était noble et décent, son regard imposant et modeste ; tout en elle annonçait enfin une personne bien née.

Prévenu singulièrement en sa faveur, je pris sur-le-champ la résolution de l'arracher au malheur qui semblait la poursuivre. C'est sans doute une infortunée que le ciel m'envoie, disais-je en moi-même, *je* ne l'abandonnerai pas. Je voulus néanmoins, avant de lui offrir mes services, pressentir son intention. Je ne fus pas surpris de la voir quitter la route, pour diriger ses pas du côté de la rivière qui coulait au pied de la colline. Cette démarche redoubla ma curiosité. Après s'être arrêtée l'espace environ d'une minute, elle monta sur une petite éminence qui formait, à l'endroit le plus rapide, une espèce de promontoire. A peine son œil eut-il sondé la profondeur, qu'elle fit un pas en arrière, comme si elle eût été saisie d'un effroi subit. Elle se remit cependant, leva ses mains vers le ciel, se rapprocha de la berge et défit tranquillement sa robe. Je ne la perdis pas un moment de vue : ses mouvements dont aucun ne m'échappait, ne me laissant aucun doute sur son intention, je quittai ma retraite et m'avançai précipitamment de son côté, mais de manière cependant à ne faire aucun bruit qui pût me découvrir. Je vins heureusement à bout de mon projet, et j'arrivai près d'elle sans qu'elle m'eût aperçu, tant elle était préoccupée du dessein où elle paraissait être de terminer ses jours. N'ayant plus de doute à cet égard, je me tins prêt à lui sauver la vie, pour peu qu'elle persistât dans sa résolution. Elle resta quelques moments comme absorbée dans un profond recueillement, l'œil fixé sur l'abîme prêt à l'engloutir ; elle mit ensuite un genou en terre et tourna ses regards vers le ciel, dans l'intention sans doute d'implorer de sa miséricorde le pardon du crime qu'elle allait commettre, puis se relevant tout à coup avec fermeté, elle fit un mouvement pour se précipiter dans le courant, qui se trouvant resserré, était très-rapide en cet endroit. J'étais trop près d'elle pour ne pas prévenir son dessein ; je la retins par le bas en m'écriant : « Ah ! mon enfant, qu'allez-vous faire ?

Ma présence ne parut ni la sur-
prendre, ni l'effrayer : elle me regarda d'un air tranquille et ne me
répondit rien, mais elle voulut faire
un mouvement pour m'échapper.
Elle avait fait le sacrifice de son
existence, et je ne doutais pas que son
projet ne fût de le consommer. Je
continuai de la retenir : et l'éloignant
insensiblement du bord de la berge,
je lui dis : « Rassurez-vous, ma chère
« enfant ; soumettez-vous aux décrets
« de la Providence, qui m'a conduit
« près de vous pour conserver vos
« jours. Vous êtes peut être infortu-
« née ; eh ! qui n'a pas dans le cours
« de sa vie senti les atteintes du mal-
« heur ? Il a fallu sans doute un mo-
« tif bien puissant pour vous porter si
« jeune à cet excès de désespoir. »
Elle me fixa une seconde fois, mais
d'un air encore plus calme, et garda
le même silence. « Daignez prendre
confiance en moi, poursuivis-je, je
suis incapable de vous trahir, mon

but est de vous être utile ; malheureux comme vous, notre sort est commun. Parlez : Quelle est votre résolution ? Que prétendez-vous faire ? Avez-vous un asile ? Où voulez-vous que je vous conduise ? » Elle me répondit enfin, en poussant un profond soupir : Nulle part, monsieur, je n'en ai plus, d'asile ; je suis seule au monde : la mort est mon unique recours, c'est le seul qui reste aux malheureux. — Seule au monde, repris-je : vous avez donc perdu votre père, votre mère ? — Je ne les ai jamais connus. — Ne vous reste-t-il aucuns parents ? — Aucuns, je suis seule au monde.—N'avez-vous point d'amis, de protecteurs ? —Je n'en ai point, vous dis-je ; je suis seule au monde. — Mais d'où venez-vous ? Qui vous a conduite en ces lieux ? Comment vous nommez-vous ? — Je viens de Morlaix, où j'ai passé mon enfance : je ne connaissais pas ceux qui m'ont conduite dans le bois voisin de cette colline, où il m'ont abandonnée : je me nomme Maria. — Vous connaissez au moins la personne qui a pris soin de votre enfance, qui vous a élevée, qui vous a servi de mère jusqu'au moment où l'on vous a retirée de ses mains ?—C'est madame de Ponty.—Quelle est cette madame de Ponty ? — Je l'ignore. Où demeure-t-elle ? — A Morlaix. — Voulez-vous que je vous fasse remettre entre ses mains ? — Entre ses mains ! — Oui, parlez ; j'ose vous en supplier... Daignez me regarder comme un père tendre, comme votre père enfin, et m'accorder la confiance qu'il serait en droit d'attendre de vous. — Je le voudrais en vain ; je ne puis me rendre compte à moi-même de ce que j'éprouve en ce moment, tant les événements de ce jour ont bouleversé mes idées.—Je le crois sans peine : mais madame de Ponty? — Elle est si loin, et puis... — Achevez.—Je ne sais ce que je dis ; je ne suis pas à moi.—Pauvre petite ! je conçois votre état ; troublée par l'effet de votre malheureuse position, votre tête n'est pas encore assez remise pour vous permettre de vous rappeler les choses même les plus récentes : reprenez votre robe et donnez-moi le bras ; je vais vous conduire dans ma maison, qui n'est pas éloignée.—Dans votre maison?—Oui, vous y trouverez les égards que l'on doit à l'infortune : vous y trouverez les secours et le repos dont vous avez besoin, après une secousse aussi violente. —Dans votre maison!—Qui vous arrête?—Mais, monsieur!... *Elle se tut, me fixa en versant quelques larmes, me prit la main et me dit :* Je le veux bien ; vous êtes un appui que le ciel m'envoie dans mon malheur ; je m'abandonne à vous, je vous suis.

Elle reprit sa robe, et je lui donnai le bras pour la conduire chez moi, ou plutôt pour l'y traîner, car la pauvre enfant, épuisée autant par la fatigue que par la situation pénible dans laquelle elle se trouvait, et qui était au-dessus des forces d'un âge aussi tendre, pouvait à peine se soutenir.

CHAPITRE V.

Heureusement pour la pauvre Maria que ma maison n'était pas éloignée de l'endroit où je l'avais arrachée à la mort, car il ne lui eût jamais été possible de s'y rendre; nous y arrivâmes enfin après une marche aussi longue que pénible. Je commandai à ma gouvernante d'en prendre le plus grand soin, et sans entrer dans aucun détail sur ce qui la concernait, de la traiter avec tous les égards dus à son âge et à ses malheurs. Jugeant avec raison qu'elle devait avoir besoin de repos, je lui fis donner un bouillon, et j'ordonnai qu'on lui préparât un lit dans un petit appartement qui n'était point habité et près duquel se trouvait la chambre de madame Dumont (c'était le nom de cette femme de confiance qui m'avait vu naître, et que, pour récompense de ses anciens services, j'avais mis à la tête de ma maison). Maria dormit d'un profond sommeil jusqu'au soir, où le besoin de prendre des aliments la réveilla : elle voulut se lever; mais je ne le souffris pas, et je lui fis servir à souper dans son lit. Elle ne dormit pas moins tranquillement qu'elle ne l'avait fait dans la journée; et dès le lendemain elle fut assez bien portante pour se passer de secours particuliers.

Il n'en fut pas de même à mon égard; les événements du jour m'avaient tellement échauffé le sang, qu'il me fut impossible de fermer l'œil. Plus je réfléchissais sur l'étrange aventure de Maria, et moins je pouvais deviner et la cause et les circonstances qui pouvaient l'avoir déterminée. Je ne l'avais vue qu'un moment, et son visage avait offert à mes regards surpris des traits qui ne m'étaient pas inconnus, mais qu'il m'était impossible de me rappeler.

Cet événement auquel j'étais loin de m'attendre, et qui par sa nature était fait pour piquer ma curiosité, cet événement, dis-je, offrait un champ vaste à mon imagination. Quelque intérêt que j'eusse de connaître l'infortunée dont j'avais eu le bonheur de sauver les jours, et qui en tout semblait annoncer une naissance au-dessus du commun, je passai néanmoins plusieurs jours sans lui faire la moindre question qui eût trait à son aventure. Je ne lui parlai que de choses indifférentes, pour lui donner le temps de se remettre de la secousse qu'elle venait d'éprouver ; j'avais même prescrit à ma gouvernante de garder à cet égard, vis-à-vis d'elle, le plus profond silence ; et mon intention avait été scrupuleusement remplie.

Il y avait près de huit jours que j'avais reçu Maria dans ma maison ; la confiance commençait à s'établir entre nous. Quand je crus m'être bien assuré de ses sentiments, je lui proposai de venir se promener avec moi dans les environs de ma solitude, d'où elle n'était point encore sortie depuis l'instant où le hasard l'avait remise entre mes mains. Elle ne fit aucune difficulté d'y consentir; ma proposition lui parut agréable. Mon projet était de la conduire au lieu même de la scène, afin d'amener la conversation snr le sujet qu'il m'était important d'approfondir.

Je lui donnai le bras et nous gagnâmes le petit bois qui avoisinait mon habitation et vers lequel j'avais, à dessein, dirigé notre promenade. En passant devant l'île que j'avais acquise, et dont, comme je l'ai dit plus haut, j'avais pris le nom, elle me demanda à qui elle appartenait, et me témoigna le désir de s'y promener; c'était précisément ce que je voulais; la tranquillité de son âme me rassurait sur la crainte que je pouvais avoir que la vue de la rivière ne lui rappelât trop vivement de douloureux souvenirs, et je n'hésitai point à la satisfaire.

Nous montâmes dans la pirogue qui me servait ordinairement à faire le trajet nécessaire pour aborder dans l'île. En passant devant le promontoire où Maria avait été sur le point de terminer sa vie et ses malheurs, je l'observai avec attention pour juger de l'effet que cette vue serait dans le cas de produire sur elle ; je ne doutai point qu'elle ne l'eût reconnu ; mais elle le regarda d'un œil assuré, ce qui me donna une idée avantageuse de son caractère.

Nous abordâmes dans une petite anse où j'avais coutume de mettre ma nacelle à l'abri du courant, qui ne laissait pas que d'être rapide. Parvenus dans un endroit de l'île où les arbres, dont elle était en partie couverte, formaient un ombrage tout à fait agréable, nous nous assîmes sur un banc de gazon que j'avais entouré d'arbustres odoriférants. Non loin de là murmurait une source d'eau vive qui formait un ruisseau sur le bord duquel s'élevaient des saules et des peupliers. Le chant des oiseaux, le parfum des fleurs, la fraîcheur de l'ombrage, tout concourait à donner à cette retraite un aspect enchanteur. Elle plut beaucoup à Maria, qui ne se lassait pas de l'admirer. Elle regrettait seulement que cette charmante solitude ne fût pas à sa portee, afin de pouvoir s'y promener aussi souvent qu'elle le désirait.

Je cherchais cependant les moyens d'amener la conversation sur le point qu'il m'importait d'éclaircir; ce fut Maria elle-même qui me les fournit. Ses regards se portèrent du côté de la rivière, qu'on découvrait à travers les arbres; cet aspect la plongea dans une profonde rêverie. Je l'observais, attendant, pour rompre le silence, l'effet de la sensation qu'elle éprouvait. Elle me regarda douloureusement, puis poussant un soupir: « Mon digne bienfaiteur, me dit-elle, me garderez-vous toujours dans votre maison? — Toujours, lui répondis-je. Mais cela dépendra de la confiance que vous me témoignerez; votre sort à cet égard est entre vos mains. » J'ens à peine achevé ces mots, que je la vis tomber à mes genoux : elle joignit ses deux mains, et d'un air tendre et suppliant, auquel ajoutait encore le regard le plus expressif: « Par pitié, monsieur, gardez-moi près de vous! Si vous l'abandonnez, que deviendra la pauvre Maria?... Sans appui, sans ressources, c'est alors qu'il faudra bien...» et d'une de ses mains elle me montrait la rivière. « Levez-vous, chère petite, lui dis-je en l'embrassant; levez-vous; que votre crainte cesse; que votre âme troublée se rassure! vous êtes infortunée, je suis sensible; malheureux moi-même, je sais compatir aux maux de mes semblables. Je jure de ne jamais vous abandonner ; mais au moins dites-moi ce que vous savez de vous-même. — Ce que je sais de moi-même, reprit-elle, je ne demande pas mieux que de vous satisfaire ; mais les éclaircissements que vous me demandez ne vous en apprendront guère plus que vous n'en savez. J'ai questionné plusieurs fois, tant sur mes parents que sur ce qui me concernait, cette dame de Ponty qui a pris soin de mon enfance, et que je n'ai quittée qu'au moment où l'on m'en a séparée pour me livrer à la merci des personnes bienfaisantes qui daignèrent me regarder en pitié ; mais, n'étant pas instruite elle-même, elle n'a pu me donner que des renseignements aussi vagues qu'incertains. Je vais vous les transmettre tels que je les ai reçus. Puisse ma docilité vous prouver le prix que je mets à vos bontés, et le désir que j'ai de m'en rendre digne ! »

Maria se recueillit pour rappeler à sa mémoire, peut-être encore troublée, les faits dont elle avait promis de me rendre compte, et qui pouvaient ne s'y retracer encore que d'une manière confuse. Je sentis le besoin qu'elle avait de quelques moments de tranquillité, et je me donnai bien de garde de la troubler par de nouvelles questions.

CHAPITRE VI.

Maria, proscrite et malheureuse, du moins tout me portait à le croire, m'avait inspiré plus que de la pitié. Je ne sais quel mouvement secret, dont je ne pouvais me rendre compte à moi-même, m'excitait à lui vouloir du bien; je prenais à son sort l'intérêt le plus vif, et j'avais intérieurement formé le projet de l'arracher au malheur qui la poursuivait, en la retirant dans ma maison. Je me proposai d'achever son éducation, et de la pourvoir ensuite d'une manière convenable, si, comme elle le disait, elle ne connut pas ses parents, et que personne ne la réclamât. N'ayant plus d'enfants, ni même d'héritiers, car je restais seul de mon nom, mon dessein était de lui laisser ma fortune, qui, sans être considérable, pouvait lui assurer un sort fort honnête. Je la regardais comme un être que la Providence avait jeté dans mon sein pour en prendre soin, et j'étais à ce titre incapable de l'abandonner.

Je roulais ces pensées dans mon âme pendant la méditation et le recueillement de Maria; au bout de quelques instants, elle leva les yeux sur moi, me prit la main qu'elle serra dans les siennes en versant quelques larmes, et me fit à peu près en ces termes le récit de ses aventures, auquel je prêtai la plus grande attention.

« Vous désirez, mon respectable

bienfaiteur, d'apprendre de ma bouche les événements auxquels je dois le bonheur inappréciable de vous connaître, en ne vous cachant aucune des circonstances de ma vie, du moins de celles qui sont parvenues jusqu'à moi. Ma naissance est un mystère qu'il n'a pas été possible jusqu'à présent de pénétrer : les soins qu'on a pris pour en dérober la connaissance l'ont enveloppée d'un voile qui probablement ne se déchirera jamais.

Madame de Ponty, qui m'a élevée, est la veuve d'un officier de marine : retirée à Morlaix, elle y subsistait d'une pension modique de cinq cents livres, et d'une rente de cent pistoles, qui provenait de son douaire. Dégoûtée du monde, elle habitait une petite maison presque isolée non loin du bord de la mer. Tout son domestique consistait dans une femme d'un certain âge, nommée Thérèse, qui l'avait servie lorsqu'elle était riche, et qui ne voulut pas s'en séparer quand elle cessa de l'être. Cette femme n'est morte qu'il y a environ deux mois., et les larmes que madame de Ponty a données à sa perte font l'éloge de toutes les deux.

« Ce fut entre les mains de cette dame qu'on me remit presque au sortir du berceau. Confiée à ses soins, elle eut pour moi ceux d'une bonne mère : je lui dois le peu que je sais, et, dans quelque situation que je me trouve, je conserverai pour elle une éternelle reconnaissance.

« Un jeune homme d'une belle apparence, et dont l'extérieur n'annonçait rien que de distingué, après avoir pris sur son compte les informations les plus exactes, me conduisit chez elle, et lui dit :

« Vous avez été choisie, madame, pour veiller à l'éducation de cet enfant, dont vous avez promis de vous charger. On ne vous la confie que parce qu'on connaît vos principes, et qu'on s'est assuré que vous la traiteriez avec tous les égards qui lui sont dus. Elle doit rester longtemps près de vous; votre devoir est de lui tenir lieu de mère, et de former son cœur à la vertu. Vous recevrez exactement, tous le trois mois, cinquante louis, tant pour sa pension que pour son entretien et les maîtres qu'il sera convenable de lui donner. Ne vous informez jamais de ce que Maria, c'est le nom que porte cet enfant, et le seul sous lequel vous la connaîtrez; ne vous informez jamais, dis-je de ce que Maria peut être, ni d'où elle vient: la moindre démarche à cet égard pourrait vous être fatale. Les auteurs de ses jours ont de puissantes raisons pour demeurer inconnus : leur secret si jamais il était découvert, entrainerait la ruine de ceux qui en auraîent connaissance. Vous n'êtes pas riche; votre fortune dépend de la conduite que vous tiendrez, et surtout de votre discrétion ; vous ne ne verrez jamais personne autre que moi, vous n'aurez affaire qu'à moi, et ce sera dans mes mains seules ou dans celles du porteur de la moitié de cette carte, dont vous conserverez l'autre avec soin, que vous devrez remettre Maria, quand il en sera temps : je ne puis, quant à présent, vous en fixer l'époque, mais vous pouvez être sans inquiétude à cet égard. Sa pension comme je vous l'ai dit, sera toujours exactement payée, et d'avance. Vous serez prévenue par une lettre d'avis de l'endroit où elle sera acquittée. Je n'ai rien, madame, à vous dire de plus, mais souvenez-vous bien que la plus légère indiscrétion peut vous perdre. Adieu.

« Il partit, laissant madame de Ponty dans un étonnement qu'on peut aisément se figurer : elle n'avait pas imaginé, lorsqu'on lui proposa de se charger du soin de m'élever, que sa responsabilité serait aussi grande, mais elle avait donné sa parole, elle voulut la tenir, et quelque rigoureuse que fût la réserve qui lui avait ét prescrite, elle ne s'en écarta jamais.

« Tout ce qu'on avait promis à madame de Ponty s'effectua de la manière la plus stricte : elle se conduisit de son côté de façon à ne mériter aucun reproche : jamais elle ne fit la moindre question sur ce qui pouvait me concerner, et, malgré la curiosité naturelle qu'elle devait avoir d'écarter le voile mystérieux qui enveloppait mon existence, elle ne se permit jamais aucune démarche tendant à s'en éclaircir. Elle n'a pas revu depuis le jeune homme qui m'avait remise entre ses mains.

« Je vivais parfaitement heureuse sous la tutelle de madame de Ponty ; elle avait pour moi les plus tendres soins, et, quoiqu'elle fût naturellement froide et peu caressante, je l'aimais autant que si elle eût été ma mère.

« Devenue plus grande et commençant à raisonner, je lui fis beaucoup de questions sur ce qui concernaît et ma naissance et mes parents, que je désirais beaucoup de connaître mais je ne pus en tirer que ce qu'elle savait elle-même, et qu'elle m'a si souvent répété, surtout pendant la dernière année que j'ai vécu près d'elle, que ses propres expressions sont restées gravées dans ma mémoire, comme si elle venait de m'en entretenir à l'instant.

« Il y avait plus de dix années que je vivais heureuse et tranquille, sauf l'espèce d'inquiétude que me causait assez souvent l'ignorance absolue de mon sort, lorsque tout à coup la chance à tourné de manière à me plonger dans un abîme de malheurs, dont sans votre généreuse compassion, j'eusse infailliblement été la victime. Il y a aujourd'hui huit jours que j'ai eu le bonheur de vous rencontrer, il y a huit jours que vous m'avez sauvé la vie ; il y en avait douze à cette époque que j'avais commencé à connaître l'infortune.

« Nous revenions madame de Ponty et moi, de nous promener sur le bord de la mer, dont je crois vous avoir dit que sa demeure n'était pas éloignée. Nous remarquâmes en approchant de la maison, une berline attelée de six chevaux, qui était rangée devant la perte, et plus loin une chaise de poste assez grande pour contenir deux voyageurs. Je ne doutai pas que ce ne fût moi que l'on venait chercher ; et, malgré l'espoir que j'avais de pénétrer enfin le mystère de ma naissance, que je brûlais d'apprendre, j'éprouvai un certain serrement de cœur dont je ne fus pas maîtresse, et qui semblait être le pressentiment du sort affreux qui m'était réservé.

« Nous étions attendues dans la salle basse par deux hommes que nous y trouvâmes, dont l'un était assis et l'autre debout. Le premier paraissait d'une taille haute ; il était assez bien de figure, mais il avait l'air commun ; et l'importance qu'il affectait paraissait empruntée; l'autre un peu moins grand, se faisait remarquer par la noblesse de son maintien; et quoique ses traits semblassent altérés, soit par la douleur, soit par toute autre cause, toute sa personne annonçait un homme de qualité bien supérieure à celui que néanmoins il traitait avec beaucoup d'égards et de déférence. Celui qui était assis se contenta, lorsque nous entrâmes dans la salle, de nous faire un léger signe de tête pour nous annoncer qu'il nous avait aperçues; l'autre nous salua avec infiniment de grâce et d'affabilité.

« Le premier demanda à madame de Ponty, en lui présentant la moitié de la carte dont je vous ai parlé, où était l'enfant qui lui avait été confié il y avait environ dix ans : elle me prit alors par la main, me fit avancer, et lui dit : Monsieur, elle est devant vous. J'aurais dû la reconnaître, reprit-il;

elle ressemble beaucoup à sa mère, quoiqu'elle soit mieux.

« Pendant qu'il m'examinait, l'autre, dont les manières polies et l'air affectueux avaient fait sur mon cœur une impression bien différente, me regardait avec intérêt! je crus même m'apercevoir qu'il avait laissé échapper quelques larmes qu'il se hâta d'essuyer.

« Quand il eut cessé de m'examiner, il me fit signe avec la main de m'éloigner, et s'adressant à celui qui était demeuré debout vis-à-vis de lui : Reconnaissez vous cet enfant? lui dit-il? Il ne répondit rien : mais se jetant à ses pieds, il lui dit à voix basse et assez haut néanmoins pour que nous l'entendissions : Grace, grâce, monseigneur, pour cette infortunée; si ma longue captivité n'a pas assouvi la vengeance du prince auguste envers lequel je ne me suis rendu que trop coupable, prenez ma vie, j'en ferai volontiers le sacrifice; mais épargnez cette innocente créature, qni u'a d'autre tort que d'avoir reçu le jour.

« Je vous laisse à juger de l'impréssion que ces paroles durent faire sur moi. Cet homme important, ou qui du moins devait l'être d'après le titre qu'on lui donnait, ne jugea pas à propos de rompre le silence; mais paraissant réfléchir sur le parti qu'il avait à prendre, il se contenta de faire signe de la main à sa victime de se lever, puis un moment après se levant lui-même tout-à-coup, il sortit de la salle, et nous laissa seules avec l'inconnu.

« Pendant son absence, qui ne fut pas longue, ce dernier vint à moi, me prit dans ses bras, et, me serrant avec tendresse, mouilla mon visage de ses larmes; de longs soupirs sortaient de son sein : il leva les yeux au ciel, puis les buissant sur moi, il me pressa encore une fois contre son sein, et me donna un dernier baiser. Je ne saurais rendre compte de ce qui se passait alors au-dedans de moi, mais toute sa personne m'inspirait un intérêt que je ne puis comparer qu'au sentiment que j'éprouve lorsque vous daignez me serrer dans vos bras.

« Son juge et le mien reparut bientôt accompagné de deux gardes, auxquels il ordonna de conduire l'inconnu vers la chaise de poste, qui était dans la rue à quelques pas de la berline, de l'y faire monter, et de veiller à ce qu'il ne pût s'échapper.

« Cet infortuné se tourna de mon côté, me tendit encore une fois les bras, et sortit poussant de longs gémissements qui retentirent jusqu'au fond de mon cœur.

« Dès qu'il fut sorti, le maître impérieux, sous la puissance duquel je tremblais de passer, m'adressa la parole : Mademoiselle, dit-il d'un ton froid et imposant, faites vos adieux à madame de Ponty. — Quoi! monsieur, lui répondis-je, vous allez donc m'emmener! il n'ajouta rien de plus, mais il me regarda d'un air qui, sans être décidément farouche, me fit néanmoins trembler, et sortit de nouveau.

« Je me jetai alors dans les bras de madame de Ponty, que je baignai de mes larmes; elle y mêla les siennes, et nous nous tenions étroitement embrassées, lorsque mon tyran reparut, accompagné de deux hommes de sa suite, auxquels il dit : Conduisez mademoiselle dans ma voiture, et qu'elle soit traitée avec tous les égards qu'elle mérite.

« Madame de Ponty lui demanda la permission de rassembler mon linge et les effets à mon usage, dont je pouvais avoir besoin; il lui répondit, d'un ton assez brusque, qu'ils me seraient inutiles, et qu'elle pouvait les garder comme une récompense des soins qu'elle avait pris de moi, récompense que lui donnaient les personnes qui lui avaient confié mon éducation, et qu'elle avait trop bien servies pour ne l'avoir pas méritée. Il y ajouta une bourse de cinquante louis ; il sortit ensuite sur mes pas sans la saluer, et me fit monter dans la berline, où il se plaça près de moi. Il pouvait être environ sept heures et demie du soir.

« Nous marchâmes pendant la nuit et toute la journée du lendemain sans nous arrêter que pour prendre de la nourriture, dans des endroits qui probablement étaient marqués, et où nous étions attendus, car nous n'y demeurions que le temps nécessaire pour le repas que nous y prenions, et qui était prêt à notre arrivée.

« J'étais servie seule dans une chambre particulière, n'ayant aucune communication qu'avec un homme de la suite de mon compagnon de voyage, chargé de veiller à ce que je ne manquasse de rien ; ma table était délicatement servie, et j'avoue qu'en toute autre circonstance, j'aurais pu compter cette prévenance pour quelque chose.

« La seule idée qui m'occupait était celle de ma situation actuelle. Que se proposait-on de faire de moi? Quel allait être mon sort? Devais-je espérer? Devais-je craindre? Quelque envie que j'eusse de connaître le but et le terme d'un voyage aussi mystérieux, je n'osai pas en parler au domestique qui me servait à table; et j'eus raison, car il avait ordre, sans doute, de ne point répondre aux questions que j'aurais pu lui faire : les événements qui succédèrent peu après, m'ont confirmé dans cette idée.

« Vers la fin de la nuit suivante, qui était la seconde depuis mon départ de Morlaix, la voiture dans laquelle nous étions s'arrêta au milieu d'une forêt fort épaisse, et qui paraissait d'autant plus sombre qu'il n'y avait pas de lune. J'augure que cette forêt ne doit pas être fort éloignée d'ici. Une espèce de domestique, ou du moins que je présumai tel, ouvrit la portière et dit : Nous y sommes, que faut-il faire ? — Exécuter les ordres que j'ai donnés, répondit d'une voix altérée le farouche arbitre de mon sort. La portière du carrosse fut aussitôt refermée. Quelques minutes après j'entendis un coup de pistolet qui me fit jeter un cri perçant. Mon conducteur, qui ne m'avait pas encore adressé la parole depuis notre départ, me prit alors la main, et me dit avec beaucoup de douceur : Rassurez-vous, mademoiselle, ce n'est rien.

« Le même homme qui avait déjà ouvert la portière du carrosse, la rouvrit une seconde fois, et lui dit : C'est fait. Il ne répondit rien autre chose , sinon que l'on eût à se remettre en marche.

«Il y avait à peu près une heure que nous étions sortis de la forêt, lorsque nous entrâmes dans le petit bois qui s'étend de l'autre côté de la colline ; le jour commençait à poindre, la voiture s'arrêta de nouveau : le même homme ouvrit encore la portière. Je ne pus m'empêcher de frissonner; une sueur froide mec ouvrit le corps, et mes membres tremblèrent. Mon silencieux assassin, car malgré le rang élevé qu'il paraissait occuper, il ne méritait pas d'autre nom; mon silencieux assassin ordonna qu'on me fît descendre : ma frayeur redoubla, mais il fallut pourtant obéir. L'exécuteur de ses ordres barbares, dont l'extérieur, la voix et les manières n'annonçaient cependant rien de farouche, me prit par la main et me conduisit dans le bois ; lorsque nous fûmes à une certaine distance de la voiture, il s'arrêta, quitta ma main et dit : Fuyez, ma pauvre enfant, tâchez de trouver un asile; voilà quelque argent pour fournir à vos besoins, c'est tout ce que je possède. (Il me remit alors un double louis.) J'avais ordre... mais je ne suis pas né pour être un lâche assassin : j'expose ma liberté, peut-être ma vie pour sauver la vôtre... Si l'on venait jamais à découvrir... Mais qu'importé, j'ai fait une bonne action, et ma conscience est tranquille. Il tira aussitôt un coup de pistolet en l'air, remplit à la hâte une fosse que je n'avais pas aperçue, la couvrit d'épais branchages, qui paraissaient avoir été coupés exprès, me serra tendrement la main et disparut.

« L'effroi que j'avais éprouvé m'avait fait tomber sur mes genoux tremblants, la scène affreuse qui venait de se passer m'avait rendue comme immobile; ma raison était égarée; mille idées confuses se succédaient avec rapidité dans mon esprit, et j'étais tellement hors de moi, que je ne pouvais me rendre compte de la situation où je me trouvais.

« On apercevait à peine les premiers feux de l'aurore; revenue un peu de mon trouble, je commençais à mettre quelque ordre dans mes idées; mais lorsque je me vis seule dans un bois inconnu, et que je réfléchis sur les dangers de toute espèce dont j'étais pour ainsi dire entourée, une frayeur nouvelle s'empara de tous mes sens et me replongea soudain dans le chaos dont je venais à peine de sortir. Cependant la nécessité de pourvoir à ma conservation me donna la force dont j'avais besoin pour me tirer de l'état de détresse où j'étais plongée. Je me hâtai de me lever, et je quittai, le plus promptement que mes facultés me le permirent, ce bois fatal dont la vue me faisait horreur.

« En approchant de la lisière, je vis encore la berline, déjà bien loin de moi, et prête à disparaître sur le sommet de la montagne où elle était parvenue. Sans songer au danger que je pouvais courir si, d'après ce qui venait de se passer, j'étais aperçue par quelques-uns des gens de la suite de mon lâche meurtrier, je me déterminai à suivre la même route, sans réfléchir nullement à ce qui pourrait résulter de mon extrême imprudence. J'allais aussi vite que mes forces épuisées m'en donnaient le peu voir, et je parvins, non sans beaucoup de peine, sur le haut de la colline où la voiture avait cessé de s'offrir à mes regards. C'était le dernier effort de la nature ; je ne pouvais plus me soutenir ; mes jambes tremblaient sous moi, et je tombai presque sans connaissance sur la pelouse encore humide des pleurs de la rosée. Le froid que j'éprouvai me fut salutaire, il rappela mes sens et me rendit à moi-même. Le jour était augmenté, et je ne pouvais distinguer les objets ; je portai mes regards sur tout ce qui m'environnait : mais encore trop faible pour supporter ma situation, le bruit du vent, le vol d'un oiseau, l'agitation des feuilles, tout portait dans mon âme un effroi dont l'effet semblait anéantir toutes mes facultés.

« Vous savez le reste, Monsieur, sans vos soins généreux je n'existerais plus. J'aime à croire que le ciel, dont l'œil est toujours ouvert sur l'in-

nocence, ne vous a envoye à mon secours que pour m'aider à porter le
poids de l'existence pénible à laquelle
il m'a condamnée. Je serais bien à
plaindre, si votre pitié ne m'avait
sauvé la vie que pour me laisser en
proie à de nouveaux malheurs. Il n'y
a plus que vous dans la nature en
tière qui puisse s'intéresser à mon
malheureux sort. Je ne connais pas
mes parents, et sans doute ils n'exis-
tent plus pour moi, puisque tout me
porte à croire que je passerai désor-
mais pour morte à leurs yeux. Ordon-
nez de mon sort ; je ne vous demande ni
grandeur ni fortune ; toute mon ambition se borne à pouvoir couler dans
une retraite profonde des jours éter-
nellement consacrés à la douleur.

CHAPITRE VII.

A peine eut-elle achevé le récit de ses infortunes, que Maria tourna vers moi ses yeux dont l'expression touchante aurait attendri le cœur le plus farouche et le plus barbare, de grosses larmes coulaient sur ses joues et semblaient ajouter encore à l'intérêt que sa jeunesse et ses malheurs pouvaient inspirer.

Je la pris dans mes bras, en lui disant : Rassurez-vous, ma chère Maria, rassurez-vous; nous ne nous séparerons plus. Je n'ai point d'enfants, je veux vous servir de père : je vous tiendrai lieu des parents dont le sort injuste vous a privée; je vous devrai les beaux jours de ma vieillesse, et ce sera votre main qui me fermera les yeux.

Cette assurance rendit à Maria le calme le plus doux, et la sérénité prit sur son visage la place de la crainte et de la douleur : elle se précipita soudain à mes genoux, et prit mes mains qu'elle couvrait de baisers et de larmes. La reconnaissance et la sensibilité qu'elle me témoigna dans cette circonstance me firent bien augurer de la bonté de son cœur, et me payèrent d'avance de ce que je me proposais de faire en sa faveur.

Je voulus qu'à compter de ce moment elle me donnât le doux titre de père; de mon côté, je ne la nommai que ma fille, et je lui fis prendre le nom de la Barre, que je portais alors, et que, lorsque je vins me fixer dans le séjour où j'avais établi ma résidence, j'avais cru nécessaire de substituer au mien, pour vivre plus ignoré et conséquemment plus tranquille. Depuis la malheureuse catastrophe de mon fils, je devais toujours me tenir en garde contre la haine de son implacable persécuteur; et cette précaution me mettait à l'abri des projets de vengeance qu'il n'aurait pas manqué d'exercer contré moi, s'il avait eu connaissance du lieu de ma retraite.

Pour en revenir à Maria, je ne voyais qu'une obscurité profonde dans tout ce qui la concernait, il m'était impossible de percer le voile dont on avait enveloppé jusqu'aux moindres circonstances de sa vie; je ne doutais pas qu'elle ne tînt à un secret de la plus haute importance, et que son origine ne fût illustre; mais je ne voyais que le hasard, ou un événement extraordinaire qui pût éclaircir la vérité.

Plus je réfléchissais sur tout ce qui venait de se passer, et moins je pouvais débrouiller le chaos de cette singulière aventure. Un inconnu, que l'on qualifiait du titre de Monseigneur, et qui commandait de sang-froid une action cruelle, si toutefois le trouble ou la frayeur n'avaient pas fait voir à Maria les choses autrement qu'elles n'étaient, quoique son récit portât le caractère de la vraisemblance et que les événements qui l'avaient précédé le justifiassent; un prisonnier qui lui témoignait l'intérêt le plus tendre, qui paraissait initié dans le mystère de son origine; l'enlèvement subit de Maria de la maison de madame de Ponty, à laquelle on avait confié le soin de son enfance, et qui l'avait élevée comme sa fille, jusqu'au moment où elle fut arrachée de ses bras, pour être abandonnée sur une plage étrangère; le voyage qu'elle avait fait avec le personnage important, chargé sans doute de s'en défaire; le discours de l'homme généreux qui lui avait sauvé la vie, tout cela jetait dans mes idées une confusion dont il m'était difficile de pénétrer les ténèbres.

Pour parvenir plus sûrement à la

découverte de la vérité, que je ne sais pour quel motif il me paraissait important de connaître, je formai le projet de faire un voyage en Bretagne, où Maria m'avait assuré qu'habitait madame de Ponty. Suivant ce qu'elle m'avait dit, la maison était située non loin du bord de la mer, à un quart de lieue environ de Morlaix, dans un hameau tout-à-fait isolé. J'espérais de tirer de cette dame quelques éclaircissements sur la naissance de Maria, qu'elle pouvait n'avoir pas jugé à propos de lui confier; ou, supposé qu'elle ne fût pas plus instruite que moi, je me flattais que des circonstances qui pouvaient avoir échappé à cette intéressante créature, jetteraient peut-être quelque lumière sur un événement aussi extraordinaire que celui qui l'avait fait tomber entre mes mains.

Comme je voulais que Maria m'accompagnât dans ce voyage, je pensai qu'il était prudent de prendre des précautions pour l'empêcher d'être reconpue ; je me proposai pour cet effet de déguiser son sexe, et ce projet me parut d'autant plus facile à exécuter qu'elle était encore dans un âge où rien ne pouvait trahir notre secret.

Lorsque j'annonçai à Maria que nous allions faire un voyage en Bretagne pour voir madame de Ponty, elle me prit les mains et me dit en fondant en larmes : « C'en est donc fait de la pauvre Maria ! Je ne le vois que trop, vous voulez m'abandonner ! Vous me laisserez chez madame de Ponty : tel est le but de votre voyage. Ce n'est cependant pas ce que vous m'aviez promis ; vous ne voulez donc plus être mon père ? » Curieux de sonder ses sentiments, je saisis l'occasion qu'elle m'offrait elle-même de voir ce qu'elle avait dans l'âme, et je lui répondis d'un air froid et sérieux : « Sur quoi jugez-vous que j'en aie conçu le projet ? — Mais ce voyage en Bretagne, cette entrevue avec madame de Ponty ! — Vous ne l'aimez donc plus ? —

Pardonnez-moi, je l'aimais, je l'aime encore ; les soins qu'elle a pris de mon enfance, tout m'en fait un devoir ; mais, si vous me laissez chez elle, mes persécuteurs ne tarderont pas à savoir que j'y suis revenue, et je finirai par être leur victime. — Ce n'est donc que la crainte de retomber entre leurs mains qui motive votre répugnance ? — Elle y entre bien pour quelque chose ; mais un motif plus puissant conduit mon cœur. — Quel est-il ? parlez ; je crois avoir quelques droits à votre confiance ; sûre de ne point me déplaire, expliquez-vous librement et sans réserve. — Eh bien ! supposé que je ne courusse pas plus de risques dans la maison de madame de Ponty que près de vous et qu'il me fût permis ou même ordonné de choisir, ce n'est point à elle que mon cœur donnerait la préférence.

Vous m'étonnez ; à peine me connaissez-vous. — Je serais une ingrate si je pouvais ne pas l'aimer ; je n'oublierai jamais ce que je lui dois, et mon désir le plus cher sera, dans tous les temps, de lui donner des preuves de ma reconnaissance. Mais j'éprouve pour vous un sentiment profond que je ne puis définir : vous m'inspirez le respect et l'amour que l'on doit au père le plus tendre et le plus digne d'être aimé sincèrement : votre tendresse est nécessaire à mon bonheur. Je sens que je ne survivrai pas à sa perte. De grâce, mon cher papa ! n'abandonnez point votre fille. »

Cette preuve était plus que suffisante pour me convaincre de la bonté du cœur de Maria ; je ne jugeai pas à propos de la pousser plus loin : je lui prodiguai toutes les marques d'amitié qui pouvaient rendre le calme à son cœur, et je parvins à la rassurer entièrement en entrant avec elle dans tous les détails du motif de mon voyage.

Je ne voulais point me séparer de Maria. S'il était dangereux de la laisser dans ma maison pendant mon absence, il ne l'était peut-être pas moins de l'emmener avec moi dans un pays où elle pouvait être reconnue, ce qui aurait pu lui nuire ainsi qu'à moi dans la circonstance où nous nous trouvions tous les deux. Pour obvier à cet inconvénient, je lui fis prendre, comme je l'ai dit plus haut, des habits d'homme qui lui allaient d'autant mieux qu'à son âge rien ne pouvait trahir son sexe, et qu'ils la rendaient méconnaissable à tous autres qu'à ceux qui étaient dans le secret de son travestissement.

CHAPITTE VIII.

Lorsque j'eus fait les préparatifs de mon voyage, nous nous mîmes en route, et nous arrivâmes bientôt à Morlaix sans avoir rencontré le moindre opstacle qui fut dans le cas de nous alarmer ou du moins de nous donner de la défiance. Comme il était important de teuir secret le motif de cette démarche, je ne jugeai pas à propos de faire aucune question à cet égard Nous descendîmes dans la meilleure auberge de l'endroit, où nous annonçâmes sans affectation que nous n'avione d'autre but dans notre voyage que de voir la côte et de jonir du spectacle de la mer.

Effectivement, dès le lendemain de notre arrivée, je fus me promener sur le rivage avec Eugène (c'est le nom que j'avais fait prendre à Maria, que je faisais passer pour mon fils, et pour l'instruction duquel j'étais censé voyager); mais notre promenade n'aboutit à rien, parce que ma pupille ne connaissait point la côte que nous avions parcourue. Le jour suivant, nous dirigeâmes nos pas d'un autre côté, et, après une demi-heure de recherches, Maria se reconnut et m'indiqua la maison de madame de Ponty, que j'aperçus dans l'éloignement.

Je remarquai sa situation, ainsi que la route qui y conduisait, pour ne pas m'égarer dans ma recherche, et je remis au lendemain à m'y rendre, voulant m'y présenter seul. Je craignais que Maria, dont les traits étaient remarquables, ne fut dans le cas d'être reconnue, malgré son déguisement, et je voulais éviter tout ce qui pouvait compromettre sa sûreté.

Comme elle avait beaucoup de raison, et que la prudence en elle avait devancé l'âge, je la laissai dans ma chambre, prétextant une légère indisposition : je crus même devoir l'y enfermer, en lui recommandant de ne répondre à personne, quelque chose qu'on pût lui dire, et de ne paraître que lorsqu'elle entendrait ma voix. Je dis à l'aubergiste, en descendant, qu'Eugène avait besoin de repos, et je priai de veiller à ce qu'on n'allât point le réveiller.

Je trouvai facilement, au moyen des renseignements que Maria m'avait donnés, la maison de madame de Ponty, qui d'ailleurs était remarquable, se trouvant la seule dont la porte et les volets fussent peints en vert. Je la demandai à une femme d'un certain âge, qui m'ouvrit lorsque j'y sonnai. Elle me répondit qu'elle n'y était pas, et que l'on ignorait même ce qu'elle pouvait être devenue Elle ajouta que le lendemain du départ de sa pupille, un inconnu, porteur d'un ordre de la cour, était venu la chercher dans une chaise de poste, et qu'avant de partir, ce même inconnu, qu'il était enjoint à madame de Ponty de suivre, avait fait mettre le scellé sur ses armoires, l'avait constituée gardienne de la maison, lui avait remis dix écus, et avait chargé le procureur du Roi de lui en remettre autant chaque mois.

Voyant qu'il n'était pas possible de tirer de cette bonne femme d'autres éclaircissements, je repris le chemin de mon auberge, où je ne rentrai qu'après m'être concerté sur la réponse que je ferais à Maria. Je lui dis, pour ne pas la chagriner, que madame de Ponty, se trouvant libre, était partie pour un voyage de quelques semaines, et que la femme qui gardait sa maison pendant son absence ignorait le nom de l'endroit où elle était allée. Loin de s'affliger de son départ, Maria m'en parut, pour ainsi dire, contente; je crus même lire dans ses yeux qu'elle eu était d'autant plus satisfaite, qu'elle avait, en quelque sorte, redouté l'entretien que je me proposai d'avoir avec elle à son sujet. J'en devinai facilement la raison ; elle continuait sans doute de craindre que je n'eusse l'intention de la remettre entre les mains de madame de Ponty : tout ce que j'avais pu lui dire à cet égard ne l'avait pas tellement rassurée, qu'elle n'eût toujours conservé quelque inquiétude sur le véritable motif de mon voyage. Sa crainte était bien pardonnable ; quoique je n'eusse jamais eu d'autre dessein que de me procurer des éclaircissements sur son origine, l'épreuve cruelle qu'elle venait de subir ne servait que trop à le justifier.

Je quittai Morlaix le jour même ; plusieurs raisons m'y déterminèrent, l'enlèvement de madame de Ponty me laissait beaucoup à penser ; il me donnait même des craintes pour moi-même, et surtout pour Maria, si le malheur voulait qu'elle fût reconnue

Une autre cause m'engagea à précipiter mon départ.

Pendant que j'étais allé chez madame de Ponty, une personne, qui ne se nomma pas, vint me demander, non par mon nom, mais en me désignant comme étant descendu depuis deux jours à l'auberge avec mon fils. Sur l'assurance que lui donna l'hôte que je devais rester encore plusieurs jours dans sa maison, (c'était effectivement mon projet), il dit qu'il repasserait le lendemain, et le chargea de me prier de ne point sortir avant de l'avoir vu. Quelque envie que j'eusse de savoir ce que me voulait cet homme, je jugeai néanmoins qu'il n'était pas prudent de l'attendre. Je me suis repenti plus d'une fois de ne l'avoir pas fait; mais quand on est malheureux, la méfiance est permise. La visite de cet inconnu, qui m'eût peut-être épargné, peut-être attiré bien des malheurs, mais qui m'eût été bien chère et bien précieuse, tient à une époque plus reculée de ma vie, et je la laisse pour ne point anticiper sur les événements.

Je me contentai de répondre à l'hôte que je l'avais rencontré à quelques pas de sa maison ; et ayant fait demander des chevaux , je partis à l'instant même avec Maria ; je crus ne pouvoir m'éloigner trop promptement d'un séjour où tout me paraissait suspect, et qui pouvait me devenir funeste, ainsi qu'à ma pupille, si par l'effet du hasard, ou par toute autre chose, son existence venait à être constatée.

Nous marchâmes le reste du jour et toute la nuit suivante, sans nous arrêter que pour prendre de la nourriture. Le lendemain matin je laissai notre voiture chez le maître de poste où nous étions descendus, en le priant de vouloir bien la garder. Je lui dis que je la reprendrais quand je me remettrais en route; mais que me trouvant dans ce moment au terme de mon voyage, puisque je n'étais éloigné que d'un quart de lieue au plus de l'endroit où

je me proposais de passer une quin-
zaine de jours, il me ferait plaisir de
la laisser sous une de ses remises pendant le temps où je n'en ferais point
usage : il me répondit qu'il ne deman-
dait pas mieux que de faire à cet égard
ce qui me serait agréable, et que j'étais
le maître d'agir comme il me plairait.
Il était loin de soupçonner le projet
que j'avais formé de ne point reparaî-
tre, et je me donnai bien de garde de
le lui laisser entrevoir. Je n'ai jamais
réclamé cette voiture, dont je crus
alors devoir faire le sacrifice à notre
sûreté personnelle ; et je n'en ai fait
mention que parce qu'elle doit jouer
une espèce de rôle dans la suite de ces
mémoires.

Je m'informai, comme par manière
de conversation, pendant qu'on ap-
prêtait le déjeûner, des environs du
bourg où nous étion descendus et dont
je vantais à dessein la position et les
agrémens quoiqu'ils n'eussent rien
que de fort ordinaire ; je me proposais

de diriger notre marche d'après les renseignements qui m'auraient été donnés. Le postillon qui nous avait conduits et qui aimait beaucoup à parler me satisfit amplement à cet égard; il s'offrit même de me conduire ; mais je ne me souciai point d'accepter ses offres dont je le récompensai néanmoins de manière à en tirer parti en cas de besoin.

Après le déjeûner, nous nous mîmes en route en prenant un chemin de traverse que le postillon nous avait indiqué et jusqu'à l'entrée duquel il voulut à toute force nous conduire. Nous remontâmes sur nos pas en tirant néanmoins vers la gauche de la grande route pour gagner un lieu de poste à la distance d'environ six milles de celui que nous venions de quitter. Après une heure et demie de marche, nous nous arrêtâmes dans un petit village isolé pour nous rafraîchir. Nous entrâmes chez une bonne femme, dont l'extérieur nous plut, et où nous trouvâmes ce que nous désirions. Maria était fatiguée, je ne l'étais pas moins. La propreté de la maison, les bonnes façons de l'hôtesse et le besoin que nous avions de repos nous engagèrent à y séjourner jusqu'au lendemain matin. Les lits, contre l'ordinaire, étaient fort bons ; la fatigue nous les fit trouver encore meilleurs, et le sommeil répara nos forces presque épuisées. D'après les nouvelles informations que j'avais faites, nous parvînmes à un lieu de poste assez peu fréquenté, attendu qu'il ne communiquait à aucune grande route. Nous y trouvâmes heureusement un méchant cabriolet de renvoi dont nous nous arrangeâmes. Aussitôt après le dîner nous nous mîmes en route pour Paris en nous écartant néanmoins de celle que nous devions naturellement tenir, et que j'avais quittée à dessein afin de pouvoir, au besoin, donner le change à ceux qui auraient en l'intention de nous poursuivre.

Nous arrivâmes le troisième jour à Paris, où, malgré la lettre de cachet qui m'en exilait, je me déterminai à passer. Mon but était de me soustraire à toutes les recherches dont j'aurais pu être l'objet si le hasard avait voulu que j'eusse été signalé. L'arrestation de madame de Ponty et la visite de l'inconnu qui avait été me demander à mon auberge m'avaient fait une loi de ces précautions, que bien des gens trouveront peut-être minutieuses, mais que je crus nécessaires à la sûreté de Maria plus encore qu'à la mienne.

Nous descendîmes, à Paris, dans un hôtel de la rue Traversière où je pris un autre nom que celui sous lequel j'étais connu et où je me donnai comme arrivant de Rennes. Le surlendemain je quittais cette maison, et je fus prendre un autre hôtel garni, faubourg Saint-Germain, où je me fis inscrire sous un nom encore différent, et où je dis que je venais de Nancy.

Comme Maria désirait, ainsi que

moi , de retourner promptement à la Barre , je fis le même jour emplete d'un cabriolet, et je retins deux chevaux de louage pour nous conduire à quelques lieues. Nous partîmes effectivement le lendemain de bonne heure; nous prîmes la poste à six lieues de Paris, et le soir même nous arrivâmes à la Barre sans avoir rien éprouvé qui pût troubler notre tranquillité.

Je trouvai ma maison dans l'état où je l'avais laissée : il ne s'y était rien passé d'extraordinaire depuis mon départ, et j'avais lieu de présumer qu'on n'avait aucun soupçon sur moi. Cependant je n'étais pas tout à fait sans inquiétude ; l'enlèvement de madame de Ponty me revenait sans cesse à l'idée, et me faisait craindre le même sort si le lieu de la retraite de Maria venait à être découvert.

Comme je ne voulais point l'alarmer, je me gardai bien de lui communiquer mes soupçons; mais je pris toutes les précautions que la prudence pouvait me suggérer pour nous mettre à l'abri de toute persécution. Je n'avais que trop éprouvé le danger de déplaire aux hommes puissants pour ne pas éviter avec soin de contrarier leurs projets.

J'étais loin cependant de me repentir de ce que j'avais fait pour Maria; il suffisait qu'elle fut malheureuse pour que je me félicitasse d'avoir adouci son sort. Mais quel était donc cette enfant dont l'existence paraissait proscrite? Plus l'obscurité profonde qui enveloppait sa naissance s'épaississait sur mes yeux, et plus j'étais fondé à croire qu'il devait exister des raisons pour justifier, s'il était ;possible, 'étrange conduite que l'on ectavait tenne de maeerà Peut-être la ldispari tion conu osa·dmgpəıuy n'avait elle étéeɔP rqu p pour dérober à jamais la connaissance de ce mystère. Dans tous les cas, j'avais beaucoup à craindre, si l'on venait à découvrir que non seulement Maria n'était point morte, comme on devait naturellement le croire, d'après les ordres qui avaient été de s'en défaire, mais encore que je l'avais retirée chez moi, et que je n'ignorais pas l'intention que l'on avait eue, sans doute, d'ensevelir avec elle le secret de sa naissance. La précaution que j'avais prise de la faire passer pour ma petite-fille, obviait à tous les inconvénients qui pouvaient en résulter, et la solitude dans laquelle je vivais ne pouvait qu'assurer l'exécution de mon projet. Comme personne n'avait connaissance de ce qui s'était passé, la raison me disait que je pouvais vivre à peu près tranquille sur les suites de cette affaire, et quelques mois, en effet, suffirent pour calmer toutes mes inquiétudes.

Plus je vivais avec l'intéressante Maria, et plus elle me devenait chère; cette enfant vraiment aimable faisait les délices de ma vie, et me consolait en partie des chagrins qui l'avaient traversée. Je découvrais en elle chaque jour de nouvelles qualités qui ajoutaient à l'amitié qu'elle m'avait inspirée. Elle joignait à un excellent cœur un esprit naturel à qui l'étude et la culture devaient donner l'essor le plus brillant : aucun nuage n'obscurcissait son caractère toujours égal ; elle était douce, compatissante, affectueuse, prévenante même avec les domestiques, mais sans aucune familiarité.

Je ne lui connaissais qu'un seul défaut et un défaut bien léger, c'était la fierté qui perçait naturellement dans tout son maintien : ce n'était point cette fierté dure et repoussante, qui aliène tous les cœurs, et rend méprisables tous ceux qui ont le malheur d'en être atteints : mais cette fierté noble et imposante qui inspire le respect, et qu'on pardonne d'autant plus volontiers qu'elle semble naturelle et ne blesse personne. Maria mettait dans ses discours et dans ses actions une certaine dignité, qui tout estimable qu'elle pouvait être au fond, ne convenait pas néanmoins à la situation où elle se trouvait réduite. Je fus plusieurs fois sur le point de lui faire des observations amicales sur sa froideur ; mais comme je m'aperçus que ce défaut lui était naturel, qu'il paraissait tenir à l'organisation de ses facultés physiques et morales, et que d'ailleurs elle n'y mêlait rien de dur ni de mortifiant pour qui que ce fût, je jugeai convenable, vu la circonstance où nous nous trouvions, circonstance qui nous commandait beaucoup de prudence et de réserve, je jugeai convenable, dis-je, de ne point la contrarier à cet égard.

Maria ne se familiarisait qu'avec moi seul, elle s'étudiait sans cesse à me plaire par les soins les plus recherchés et les prévenances les plus délicates ; elle me respectait comme un père tendre, et sa confiance en moi était sans bornes. Voulant la former de bonne heure à pouvoir jouer dans le monde, si jamais elle y était appelée, le rôle d'une femme respectable, je l'avais chargée du soin de gouverner ma maison, et elle s'en acquitta de manière à se faire adorer de tous ceux qui étaient sous ses ordres. Enfin si elle ne m'avait point fait oublier mes malheurs, dont la trace était trop profonde, je lui devais du moins d'en avoir rendu le souvenir moins amer et moins douloureux.

CHAPITRE IX.

Il y avait près de trois ans que nous vivions dans une tranquillité profonde, dont aucun orage n'avait troublé la douceur : des plaisirs purs, des occupations agréables remplissaient nos moments de loisirs, et notre temps était si bien employé, que nous n'éprouvions aucun vide. Je me félicitais chaque jour du hasard qui avait fait tomber entre mes mains l'intéressante et sensible Maria : je la regardais comme un ange envoyé du ciel pour charmer les ennuis de ma vieillesse. Je jouissais du plaisir ineffable de faire du bien à un être malheureux, qui me devait une existence douce et paisible, et dont la présence me consolait des disgrâces attachées à la condition humaine ; en un mot, j'étais heureux autant qu'un homme sage et borné dans ses désirs peut l'être.

Cet état de calme et de pure jouissance ne dura pas longtemps ; il fut troublé par un événement d'autant plus cruel, que j'étais bien éloigné de m'y attendre. Je me croyais oublié d'un monde pour lequel, depuis long-temps, j'avais cessé d'exister, et je vivais dans la sécurité la plus profonde, n'imaginant pas qu'on pût s'occuper encore de moi; mais la haine est là qui veille sans cesse, et si quelquefois elle semble ralentir ses coups, ce n'est que pour les porter d'une manière plus sûre.

Nous étions alors en 1787, année célèbre par l'assemblée des notables, et nous touchions au mois d'octobre. Il y avait quelques jours qu'il pleuvait avec assez de continuité pour avoir interrompu mes promenades du matin; il était environ huit heures; j'étais encore au lit, ce qui ne m'arrivait pas ordinairement, car j'avais l'habitude à la campagne de me lever avec le soleil; j'étais encore au lit lorsque ma gouvernante entra dans ma chambre, en m'annonçant qu'il y avait deux étrangers qui demandaient à me parler, ainsi qu'à mademoiselle de la Barre. Je lui dis de les faire entrer dans la salle, en attendant que je fusse en état de les recevoir et d'aller éveiller ma pupille, dans le cas où elle dormirait encore.

Cette visite inattendue, et surtout à une pareille heure, ne laissa pas que de me donner de l'inquiétude. Que voulait-on à Maria? Comment avait-on pu découvrir sa retraite? Etait-ce une nouvelle persécution? Je me perdais dans mes conjectures. J'hésitai un moment sur le parti que je devais prendre; mais enfin, je me déterminai à voir ce dont il s'agissait. La tranquillité profonde dont j'avais joui depuis trois ans; et la persuasion où j'étais de la presque impossibilité d'avoir suivi les traces de Maria, me rassurèrent un peu. Je passai ma robe de chambre, et j'allai trouver ces inconnus, pour savoir ce qu'ils désiraient de moi. Ils étaient deux, dont un décoré de la croix de Saint-Louis: ce signe respectable me donna de la confiance: j'ignorais l'avilissement dans lequel on l'avait fait tomber, en le prodiguant à des hommes qu'ils ne pouvait pas honorer, tandis qu'ils le dégradaient par la plus abjecte des professions.

« Puis-je vous demander, messieurs, leur dis-je en entrant, le motif de votre visite ? S'il dépend de moi de vous satisfaire, je me ferai un véritable plaisir de remplir vos vues. — Vous avez une fille, me répondit le plus apparent des deux. — Oui, monsieur. — Est-elle ici ? — Vous l'allez voir dans un instant : que lui voulez-vous ? — Il m'est enjoint de m'assurer de vos deux personnes. — En vertu de quel ordre, repris-je avec vivacité ? — En vertu d'un ordre du Roi, dont je suis porteur. — Vous ? — Sans doute. — J'étais bien loin de l'imaginer. » (Et j'accompagnai ces paroles d'un regard qui peignait avec énergie tout le mépris et l'indignation dont j'étais pénétré.) « Vous ne refuserez peut-être point de me montrer cet ordre ? — Non, monsieur, le voici. » Il me le remit effectivement ; c'était une lettre de cachet qui portait l'ordre de m'arrêter ainsi que Maria, et de nous conduire, avec les précautions usitées en pareil cas, dans la maison qui serait particulièrement désignée.

Cette nouvelle persécution rappela mes forces, me rendit à moi-même, et remit de l'ordre dans mes idées. Je sentis combien il était essentiel de réprimer les effets de ma juste indignation : je fus assez maître de moi pour la renfermer dans mon cœur, et je me dis : « Pauvre Maria ! victime infortunée d'une vengeance dont la cause m'est inconnue, ta tête a sans doute été proscrite dès ton berceau. En voulant te sauver, je ne ferais que hâter le moment de ta perte ; c'en est fait, mon secret doit mourir avec moi ; il y mourra. »

Mes sens étaient plus calmes, je demandai à l'exempt chargé de m'arrêter, si je pouvais rester chez moi jusqu'à la fin du jour, pour y donner les ordres convenables à la situation de mes affaires domestiques, et prendre les arrangements que nécessitait une absence dont j'ignorais le terme : il y consentit, à condition que je lui donnerais ma parole d'honneur de ne point chercher à me soustraire à la lettre de cachet, de l'exécution de laquelle il était responsable, et de me tenir prêt à partir avec ma fille à l'entrée de la nuit ; ce que je lui promis.

Mon premier soin fut d'aller trouver Maria ; elle était déjà levée ; et, d'après ce que lui avait dit ma gouvernante, elle s'occupait à rassembler tout ce dont elle pouvait avoir besoin. Elle ne versait pas une larme, son visage était tranquille et serein, le calme le plus profond régnait dans son âme. Madame Dumont crut devoir lui faire une espèce de reproche de son indifférence. « Pourquoi me troubler? lui répondit-elle. A quoi sert de pleurer? Ne serai-je point avec mon papa? Je n'ai rien à désirer de plus. Il me donne l'exemple du courage et de la fermeté; je lui prouverai que je suis digne d'être sa fille. D'ailleurs, je ne serai pas plus à plaindre que lui; quelque lieu de la terre que j'habite, j'y vivrai contente, pourvu qu'on ne m'en sépare point. »

Cette réponse, qui aurait encore augmenté mon amitié pour Maria si la chose eût été possible, me donna l'idée de demander à l'exempt s'il avait l'ordre de nous séparer, et si l'on pousserait la barbarie jusqu'à nous enlever la seule consolation qui pourrait nous aider à supporter la rigueur de notre sort. Cet homme que, sur l'apparence j'avais jugé sans doute avec prévention, mais dont la conduite honorait l'état vil qu'il avait embrassé, s'empressa de me rassurer sur mes craintes, et me dit même que, d'après les données qu'il avait à cet égard, il croyait pouvoir me répondre qu'on n'avait point l'intention de nous séparer. Sa réponse franche et cordiale m'enhardit à lui demander dans quelle prison il avait ordre de nous conduire, soit à Paris, soit dans la province. Il me répondit que, sur cet article, quelle que fût sa bonne volonté, il lui était spécialement interdit de me satisfaire, mais que je pouvais être assuré que, à la liberté près, on me traiterait, ainsi que ma fille, avec tous les égards et toutes les attentions dont notre malheur nous rendait susceptibles.

Malgré l'air de vérité qu'il mit dans ses réponses, je ne crus néanmoins que ce que la raison me disait d'en croire, d'autant que son intérêt était de me calmer plutôt que de m'aigrir, et que, pour y parvenir plus sûrement, c'était le meilleur moyen qu'il pût employer. Mais j'étais résigné à mon sort quel qu'il dût être, et je ne songeai plus qu'à mettre mes affaires en ordre.

www.ingramcontent.com/pod-product-compliance
Lightning Source LLC
LaVergne TN
LVHW021743170726
843503LV00004B/1698